Elke Bannach

Boot im Nebel
Haibun und Haiku

AF208841

Musikverlag Elba

Erste Auflage 2023

Coverfoto: Shutterstock
Illustrationen: Fotosvon Elke Bannachund Shutterstock
Herstellung:
BoD - Books on Demand, Norderstedt
ISBN: 978-3-9825899-0-9

www.musikverlagelba.de

Boot im Nebel

VORWORT

Die Autorin Elke Bannach stellt in diesem Buch Haibun und Haiku vor. Haibun sind im deutschsprachigen Raum wenig verbreitet. In Japan haben sie, als von Haiku-Dichtern verfasste Prosa-Texte, Tradition.

Ein Haibun wird in der japanischen Literatur auch als lyrische Mischform bezeichnet. Es ist eine meist kurze, von subjektiven Eindrücken durchzogene Skizze, in die Haiku eingebettet sind oder am Ende stehen. Sie sollen die Prosa komprimieren.

Elke Bannachs Haibun-Texte sind größtenteils autobiografische Erlebnisse einer Musikerin, aus der Retrospektive erzählt – wie sie auch der japanische Dichter Matsuo Bashô im 17. Jahrhundert geschrieben hat – aber keine abenteuerlichen Geschichten. Die Musikerin erinnert sich beim Anschauen von Fotos an Ereignisse in ihrem Leben.

Die meisten zu den Haibun passenden Haiku sind von Elke Bannach nach den Regeln der traditionellen japanischen Dichtkunst verfasst worden. Die Gedichtform des Haiku besteht meist aus drei Wortgruppen von 5 – 7 – 5 Silben.

Haiku sind, wie Fotografien, Momentaufnahmen. Sie stellen Sachverhalte oder erlebtes in der Gegenwartsform konkret dar – nicht abstrakt.

Nicht nur japanische Dichter, wie Matsuo Bashô, auch bedeutende deutsche Lyriker, wie Rilke, Brecht, Klabund, Heißenbüttel und Guggenmoos, um nur einige zu nennen, haben Haiku geschrieben. Nicht zu vergessen, der amerikanische Schriftsteller Jack Kerouac, der über seine Reiseeindrücke berichtete, aber auch Haiku dichtete.

Elke Bannach hat sich bei ihren Haibun in diesem Buch von Texten Matsuo Bashôs inspirieren lassen und beim Dichten der Haiku weitgehend an die klassische Form der 17 Silben gehalten.

Viel Freude beim Lesen der Texte von Elke Bannach wünscht

Klaus W. Hoffmann

-

EIN NEUES ZUHAUSE AUF ZEIT

Ich traf gestern zufällig in einem Café eine ehemalige Kollegin aus dem Sinfonieorchester, in dem ich vor einigen Jahren Querflöte gespielt habe. Sie ist im Altersruhestand und hat, wie sie sagte, nun genügend Zeit für ihr liebstes Hobby, die Fotografie.

Die ehemalige Kollegin zeigte mir Bilder von früher – von Orchesterproben, von einzelnen Musikerinnen und Musikern des Sinfonieorchesters, aber auch private Fotos. Darunter war eins ihres Katers. Ich sah ihn auf einer Partitur liegen. Mit seiner linken Vorderpfote hielt er eine Spielzeugmaus umfasst.

Dieses Foto erinnerte mich an ein Erlebnis aus meiner Kindheit. Am letzten Tag meines mehrmonatigen Aufenthalts bei Tante Inge und Onkel Franz in Kleinopitz überraschte mich der Hauskater Mohrle mit einer Maus als Morgengabe. Die hatte er auf mein Kopfkissen gelegt. Es war keine Spielzeugmaus, wie die auf dem Foto, sondern eine ehemals lebendige Maus, die der Kater getötet hatte.

Ich erinnere mich, dass ich, als ich sie sah, furchtbar erschrak, laut schrie und mit einem Satz aus dem Bett sprang.

Mohrle muss sich wohl genauso erschrocken haben wie ich. Mit einem einzigen Sprung war er vom Bett runtergesprungen und durch die offene Tür hinausgelaufen.

Ich erinnere mich noch an weitere Ereignisse während meines Aufenthalts in Kleinopitz. Nicht nur an Kater Mohrle, Tante Inge und Onkel Franz, auch an das Hausmädchen Marlene, das mich jeden Morgen weckte. Auch an dem Tag, an dem mich schon der Kater mit seiner Morgengabe erschreckt hatte.

Nachdem Mohrle mein Zimmer fluchtartig verlassen hatte, hörte ich, wie Marlene mit schnellen Schritten über die Treppe lief, dann die Tür zu meinem Zimmer öffnete und rief: „Hallo, Schlafmütze! Aufwachen! Das Frühstück ist fertig! Komm schnell in die Küche, bevor dir dein Freund alles wegfuttert!"

Dann goss Marlene Wasser aus dem mit bunten Blümchen bemalten Porzellankrug in die dazugehörende Schüssel und legte das Handtuch mit der gehäkelten Borte daneben. Wie jeden Morgen ein frisches.

Ich erinnere mich, dass am Nachmittag des Tages Mama kommen wollte, um mich abzuholen – zurück nach Hause.

Papa hatte mich damals zu Tante Inge und Onkel Franz gebracht, weil Mama sehr krank war. Der Doktor im Krankenhaus hatte anscheinend nicht sagen können, wann sie wieder gesund sein würde. Ich wusste damals nicht, wie die Krankheit heißt. Irgendwas mit den Nerven. Das hatte ich bei einem Gespräch meiner Eltern aufgeschnappt. Wenn ich sie danach fragte, erhielt ich keine klaren Antworten.

An einem Abend hatte Papa mir gesagt, dass ich während Mamas Krankheit bei Tante Inge und Onkel

8

Franz in Kleinopitz bleiben soll. Er müsse arbeiten, hätte für mich keine Zeit und mein älterer Bruder Martin könne schon auf sich selbst aufpassen. Tante Inge und Onkel Franz würden sich bestimmt auf mich freuen.

Ich erinnere mich, dass ich damals sehr erschrocken war und Mama gefragt habe: „Warum muss ich zu Tante Inge und Onkel Franz? Ich kenne die beiden überhaupt nicht! Und was ist mit der Schule und mit meinen Freundinnen? Ich will da nicht hin!"

Mama tröstete mich und sagte: „Es ist ja nur für eine kurze Zeit. Bis zu den Sommerferien gehst du in Kleinopitz zur Schule. Du findest sicher ganz schnell neue Freundinnen. Nach den Ferien bin ich vielleicht schon wieder gesund und kann dich von Tante Inge abholen."

Die Zugfahrt nach Kleinopitz hatte sehr lange gedauert. Eine ganze Nacht und noch einige Stunden am folgenden Tag waren wir mit der Eisenbahn Richtung Osten gefahren. In Dresden hatte Onkel Franz uns mit seinem Auto vom Bahnhof abgeholt.

Ich war es nicht gewohnt, in einem Auto zu fahren und so glaubte ich, eine Ewigkeit unterwegs gewesen zu sein, bis wir nach etwa einer Stunde Fahrtzeit in Kleinopitz ankamen, einem kleinen Dorf in Sachsen.

Tante Inge und Onkel Franz lebten in einem eigenen, großen Haus. Im Erdgeschoss waren auf der einen Seite die Gaststube, auf der anderen die Küche und der Laden mit der Metzgerei. In der ersten Etage gab es zur Straße hin einen großen Saal mit einem schwarzen Klavier. Das Büro, ein Gästezimmer, ein Badezimmer und das Schlafzimmer von Onkel und Tante lagen im hinteren Bereich des Hauses. Vom ersten Stock führte eine Treppe noch weiter hinauf zum Dachboden. Auf einer Seite standen Säcke mit Getreide und auf der anderen waren zwei Türen, die in zwei kleine Zimmer führten.

Eins davon hatte Tante Inge für mich hergerichtet. In dem anderen schlief Marlene, das Hausmädchen. In jedem der beiden Zimmer gab es ein Bett, einen Schrank und eine Kommode mit einem großen Spiegel darüber. Auf der Kommode in meinem Zimmer standen eine Waschschüssel und ein Wasserkrug.

Ich war sprachlos, als ich zum ersten Mal mein Zimmer betrat. Dieser helle, freundliche Raum mit dem großen Fenster in der Dachgaube war nur für mich allein bestimmt.

Ich fühlte mich in Kleinopitz sehr wohl. Doch dann schämte ich mich und wurde traurig. Zuhause, das war die muffige Zweizimmerwohnung mit dem kleinen Kämmerchen hinter der Küche – meinem Zimmer.

Papa züchtete dort Kanarienvögel. „Ein Mann braucht ein Hobby", sagte er immer. Wenn dieses Hobby nur nicht so laut gewesen wäre. Morgens bei Tagesanbruch fingen die Biester schon an zu singen, sie kratzten und scharrten in ihren Käfigen. Abends, wenn ich schlafen wollte, war es auch so. Das kleine Fenster im Zimmer durfte ich nicht öffnen. Papa hatte

Angst, dass sich die Tiere erkälten könnten. Ich hasste diese Viecher!

Mama versuchte immer, mir diese Kammer schön zu reden und sagte: „Du solltest dankbar sein, hast ein eigenes Zimmer, Martin nicht. Er muss immer im Wohnzimmer auf dem Sofa schlafen."

Wenn ich vorschlug, dass mein Bruder und ich uns doch jeden Monat abwechseln könnten, schimpfte Mama: „Bis vor zwei Jahren hattest du kein eigenes Bett. Jetzt hast du eins. Du bist undankbar!"

Martin weigerte sich strikt, mit mir überhaupt über einen Tausch der Betten zu reden. Und Papa? Er redete mit mir so gut wie gar nicht, worüber ich nicht traurig war. Oft trank er Bier und Schnaps, meistens in seiner Stammkneipe. Mama weinte dann und schickte mich dorthin, um ihn abzuholen. Das war keine schöne Aufgabe und auch nicht immer erfolgreich.

Das gut besuchte Wirtshaus in Kleinopitz gehörte zum Wohnhaus von Tante Inge und Onkel Franz. Auch die Metzgerei. Onkel Franz war Metzger und Gastwirt. Tante Inge und Marlene hielten das Haus in Ordnung und verkauften Wurst, Fleisch und die Eier der eigenen Hühner im Metzgerladen.

Während meines Aufenthalts in Kleinopitz habe ich nicht erlebt, dass Onkel Franz sich einmal betrunken hatte. Dabei waren Bier und Schnaps für ihn jederzeit verfügbar. Abends in der Gaststube wussten seine Gäste genau, wann sie nach Hause gehen mussten.

11

Dann nämlich, wenn Onkel Franz die Brille aufsetzte, um den Gästen ihren Verzehr auf einen Block zu schreiben und das Geld zu kassieren.

Einmal in der Woche wog mich der Onkel im Schlachthaus auf der Fleischwaage. Zuerst fand ich das seltsam, aber Tante Inge sagte: „Kind, du bist einfach zu dünn. Futtere dir mal ein bisschen was an. So dürr können wir dich nicht wieder nach Hause fahren lassen!"

Seitdem servierte Tante Inge mir jeden Morgen zum Frühstück frische Brötchen mit viel Butter und Wurst. Ich konnte gar nicht so viel essen. Aber da half mir Seppl, Tante Inges Hund. Seitdem Seppl mir beim Frühstück helfen durfte, wartete er schon jeden Morgen ungeduldig in der Küche. Wenn die Tante Seppls Hilfsaktionen bemerkte, scheuchte sie ihn hinaus.

Auch Onkel Franz versuchte sein Bestes, damit ich etwas mehr „auf die Rippen" bekam, wie er es nannte. Wenn er in der Wurstküche frische Würstchen herstellte, war die erste Wurstkette, die er aus dem Wurstkessel zog, für mich bestimmt. Und das waren immerhin sechs Stück. Die nahm ich und ging damit in den Garten oder bei Regenwetter in die alte Remise. Dort stand noch eine richtige Kutsche. Sie war alt, und es fuhr auch niemand mehr damit, denn man hätte ein Pferd einspannen müssen. Aber ich konnte mich hineinsetzen und die Würstchenkette mit meinem Freund Seppl teilen.

Er war eine Mischung aus Schäferhund und Dackel. Also ein Schäferhund mit Dackelbeinen. Ich liebte Seppl. Er saß sogar geduldig dabei, wenn ich Blockflöte spielte. Die hatte mir Tante Inge gekauft, weil mich die Musiklehrerin der Kleinopitzer Dorfschule gefragt hatte, ob ich Lust hätte in der Blockflöten-Gruppe mitzuspielen. Einfache Melodien lernte ich schnell und hatte vor allem viel Freude daran, mit den anderen Kindern in der Schule gemeinsam zu spielen.

Ich erinnere mich an den Schulunterricht in Kleinopitz. Der hatte mir gut gefallen. Die Umstellung war mir nicht schwergefallen. Schnell hatte ich mich eingefügt und auch gleich eine Freundin gefunden. Rita hieß sie. Rita und ich haben viel Zeit gemeinsam verbracht, zusammen gespielt und gelernt.

Der Schießunterricht im Klassenzimmer der Schule gefiel mir nicht. Der Lehrer hatte eine Zielscheibe an die Tafel gehängt und die Kinder aufgefordert, mit einem Luftgewehr darauf zu schießen. Einmal durfte ich mitmachen, traf aber nicht einmal die Scheibe. Nach diesen Fehlschüssen wurde ich vom Schießunterricht befreit. Davon wollte ich meinen Freundinnen zu Hause erzählen.

Und dann diese Kartoffelkäferaktion! Soldaten der Nationalen Volksarmee und alle Schulkinder aus Kleinopitz mussten auf den Feldern, die hinter dem Dorf lagen, die Käfer einsammeln. Ich wusste zwar wie diese Tiere aussahen und dass es Schädlinge waren, aber so viele auf einmal hatte ich vorher noch nicht gesehen.

Diese Käfer saßen in großer Zahl an jeder Pflanze. Wir Kinder bekamen Blechdosen in die Hand gedrückt und sammelten sie ein. War eine Dose voll, gaben wir sie den Soldaten, die am Feldrand warteten. Sie leerten die Dosen aus, gaben sie uns zum weiteren Einsammeln der Käfer wieder zurück und versorgten uns auch mit frischem Trinkwasser. Das füllten sie aus großen Kanistern in Becher ab.

Ich erinnere mich auch noch daran, dass es am Tag der Kartoffelkäferaktion sehr heiß war. Am Abend tat uns Kindern der Rücken weh. Wir hatten einen Sonnenbrand auf den Armen und im Gesicht.

Wenn ich an mein Abenteuer mit den Gänsen denke, werde ich auch heute noch etwas verlegen. Tante Inge hatte mich, wie jeden Morgen, mit einer Kanne zu Bauer Reimer zum Milchholen geschickt. Immer war ich schön brav entlang der Dorfstraße gelaufen. Aber an diesem Morgen hatte ich die Abkürzung über den Dorfanger genommen. Den gleichen Weg war ich mit der gefüllten Milchkanne auch zurückgegangen. Da traf ich auf eine Gruppe Gänse. Die machten mir Platz. Nur ein Ganter nicht. Er kam auf mich zu – laut zischend mit weit vorgerecktem Hals und geöffnetem Schnabel.

Ich hatte versucht wegzurennen, doch der Vogel holte mich ein, schlug mich mit seinen Flügeln und zwickte mich mit dem Schnabel. Ich versuchte mich zu wehren und schlug mit der Milchkanne nach ihm. Dabei schwappte ein großer Teil der Milch heraus. Ich war sehr erschrocken und sorgte mich, dass Tante Inge und Onkel Franz mit mir schimpfen würden.

Der Onkel stand in der Haustür und hatte sich das Spektakel angeschaut. Als ich ihn erreichte und zu einer Entschuldigung ansetzen wollte, lachte er und sagte: „Mach dir keine Sorgen. So ein Gänseerlebnis hatten wir alle schon. Und sollte die Milch nicht reichen, holst du einfach noch einmal welche. Aber dann gehst du wieder an der Dorfstraße entlang."

Mit dieser Reaktion hatte ich nicht gerechnet und war sehr froh, dass Onkel Franz mich nicht ausgeschimpft hatte.

Dann war da noch die Sache mit der Getreideernte. Am Morgen hatte ich mich noch gewundert, warum ich an diesem warmen Sommertag eine Bluse mit langen Ärmeln tragen sollte. Am Abend wusste ich es. Die Getreidehalme hätten mir sonst die Arme zerkratzt. Ich kam mir schon sehr erwachsen vor, als Tante Inge mir gezeigt hatte, wie man hinter den Männern mit der Sense hergeht, das gemähte Getreide zu Garben zusammenrafft und mit langen Halmen zusammenbindet.

Ich erinnere mich auch daran, dass Onkel Franz mich sogar einmal im Auto mit zum Schlachthof genommen hatte. Da konnte ich sehen, wie er Rinder- und Schweinehälften aus der Halle herausschleppte und auf die Ladefläche seines Autos legte.

Überhaupt war Onkel Franz so ganz anders als Papa. Er nahm sich oft Zeit, mir alles zu erklären, was ich vom Leben auf dem Dorf wissen musste. Und da gab es vieles, was ich nicht kannte.

Tante Inge hatte mich mal in den Wald zum Pilzesuchen mitgenommen und mir genau gezeigt, wo bestimmte Sorten wuchsen. Sie kannte alle Namen der Pilze und wusste auch, welche essbar und welche giftig waren. Nach der Suchaktion hatte sie die Pilze auf Zeitungspapier ausgebreitet und dann zum Trocknen auf den Dachboden gelegt. Sie rochen gut.

Ich erinnere mich an den Tag vor meiner Abreise nach Hause. Nach dem Abendessen war ich noch in den Obstgarten gegangen. Ich wollte mich auf die Bank, die unterm Kirschbaum stand, setzen und lesen. Auf dem Weg dorthin war mir aufgefallen, dass ich das falsche Buch mitgenommen hatte.

Ich ging zurück ins Haus und hielt vor der Küchentür an, weil ich die Stimme von Onkel Franz hörte, der in dem Moment zu Tante Inge sagte: „Ich hätte nicht gedacht, dass es so schön ist, das Mädchen bei uns zu haben. Sie hat mir gesagt, dass es ihr bei uns sehr gut gefällt und sie überhaupt kein Heimweh hat. Meinst du, sie könnte immer bei uns bleiben?" Und Tante Inge erwiderte: „Ach Franz, ich empfinde das auch so, aber du weißt, dass das nicht geht. Ein Kind gehört zur Mutter. Denk nicht weiter darüber nach. Es ist nun einmal so, dass wir keine Kinder haben. Finde dich damit ab."

Ich traute mich nicht mehr, in die Küche zu gehen und ging mit dem Buch, das ich eigentlich gar nicht lesen wollte, zurück in den Garten. Seppl folgte mir.

An dem Tag als Mama kommen wollte, um mich abzuholen, fühlte ich mich ganz schrecklich. Ich wollte gar nicht wieder nach Hause. Nicht in dieses Zuhause, nicht zurück zu meinem ständig betrunkenen Papa und zu meinem Bruder, der mich immer knuffte und zwickte, wenn die Eltern gerade nicht im Raum waren. Oft lachte er mich aus und nannte mich eine „blöde Streberliese". Und das nur, weil ich Lesen, Rechnen, Schreiben und überhaupt Lernen schön fand. Martin dagegen ging nicht gern zur Schule und war froh, dass er den Volksschulabschluss geschafft hatte. Er war stolz darauf, dass er danach eine Lehre machen und Geld verdienen konnte.

Ich war immer gern zur Schule gegangen und auch in die Bücherei. Lesen fand ich toll! Dabei konnte ich in eine andere Welt eintauchen und alles um mich herum vergessen. Fräulein Schmolzky, die Bibliothekarin, hatte mir viele interessante Bücher gezeigt. Manchmal durfte ich ihr helfen. Beispielsweise die zurückgebrachten Bücher auf Flecken durchsehen und diese ausradieren. Das erfüllte mich mit Stolz.

Mir fiel es damals schwer, mein neues Zuhause auf Zeit zu verlassen. Ich hatte Tante Inge und Onkel Franz liebgewonnen. Ich musste weinen. Die Tränen liefen mir über das Gesicht.

Ich erinnere mich, dass Marlene in mein Zimmer kam. Sie erschrak, als sie mich weinen sah, setzte sich auf die Bettkante und nahm mich in die Arme.

„Scht, scht", sagte sie. „Ist es so schlimm, dass du wieder nach Hause fahren musst?"

Marlene reichte mir ein Taschentuch. Ich putzte mir die Nase und schluchzte noch einige Male. Dann beruhigte ich mich, legte den Kopf an Marlenes Schulter und flüsterte: „Am liebsten möchte ich hierbleiben. Aber ich weiß, dass Mama dann ganz traurig sein würde. Das möchte ich nicht."

Die Erinnerung
ein Hort dunkler Gedanken
und heller Freude

MORGENSTIMMUNG

Vor einigen Tagen führte mein Weg durch einen großen Supermarkt an der Auslage der Zeitschriften und Zeitungen vorbei. Sie war gut sortiert. Ich hielt an, um zu schauen, welche Zeitschriften noch angeboten wurden.

Die Produkte der Regenbogenpresse schienen immer noch viele Leserinnen zu erreichen. Ich ignorierte sie und entdeckte bald die Zeitschrift „Psychologie heute". Auf deren Titelseite wurde ein Bericht über Yoga, Meditation und Achtsamkeit angekündigt. Das interessierte mich.

Ich nahm das Heft, blätterte darin, fand den Bericht und auch ein Foto, dass ich mir näher anschaute. Es zeigte eine Frau, die mit ausgebreiteten Armen am Ufer eines Flusses stand und wahrscheinlich die aufgehende Sonne begrüßte.

Es erinnerte mich an die Zeit meiner beruflichen Tätigkeit. Ich war keine Frau, die wild darauf war, zu sehr früher Morgenstunde an irgendeinem Fluss die aufgehende Sonne zu begrüßen. Ich war eher eine Langschläferin.

Wahrscheinlich lag das an meinem Beruf. Als Konzertflötistin war ich es gewohnt, abends im Orchester zu spielen. Anschließend brauchte ich einige Zeit, um wieder zur Ruhe zu kommen, um schlafen zu können. In solchen Fällen half mir meist ein großes Glas warme Milch mit Honig. Das klappte aber nicht immer.

Ich erinnere mich an eine Nacht nach einem Tournee-Konzert. Schlaflos wälzte ich mich im Hotelbett von einer Seite auf die andere, fand aber keinen Schlaf.

Um fünf Uhr beschloss ich, es nicht weiter zu versuchen und noch vor dem Frühstück einen kleinen Spaziergang zu machen. Ich zog mich an, verließ das Hotel und erreichte nach kurzer Zeit das Ufer eines Flusses.

Ich stand regungslos da und genoss die Atmosphäre. Mein Blick war auf den Horizont gerichtet. Dann bewegte ich mich tänzerisch im Takt zu einer nur für mich hörbaren Flötenmelodie. Dabei hob ich das Gesicht in Richtung der ersten Sonnenstrahlen und breitete die Arme aus. Vogelstimmen begleiteten mein stummes Lied. Ein tiefes Wohlgefühl von Wärme und Frieden erfüllte mich.

Weiches mildes Licht
Sonne im Morgennebel
erstes Vogellied

IN LETZTER MINUTE

Heute Nachmittag fuhr ich mit dem Fahrrad zur Yoga-Gymnastik. Daran nahm ich einmal in der Woche in einem Studio im Industriegebiet am Stadtrand teil. Mein Weg dorthin führte an einem Club vorbei. Bisher hatte ich ihn nicht beachtet.

Diesmal machte mich ein Werbeplakat am Eingang neugierig. Ich fuhr heran, stieg vom Rad und schaute es mir an. Das Plakat warb für einen neuen DJ, der zukünftig Techno- und Housemusik bei den Dance-Veranstaltungen auflegen würde. Ein Foto zeigte begeisterte Raver, die beim Break eines Tracks die Hände hoben.

Dann überfiel mich die Erinnerung. Mir wurde schwindelig und meine Knie zitterten. Ich musste mich an die Hauswand lehnen und hatte das Gefühl, mich gleich übergeben zu müssen. Mein letzter Club-Besuch lag viele Jahre zurück, doch in diesem Moment erlebte ich alles noch einmal.

Ich erinnerte mich, dass Mira, meine beste und älteste Freundin seit der Grundschulzeit, mich damals angerufen hatte. Sie drängte mich, endlich mal wieder etwas gemeinsam zu unternehmen. Sie meinte, das Leben würde nicht nur aus Proben und Konzerten bestehen.

Ihr Vorschlag, einen Club zu besuchen, gefiel mir. Wir verabredeten uns für meinen nächsten konzertfreien Samstagabend.

Dieser Tag kam. Der Stress der Proben für die Aufführung der Symphonie Nr. 7 von Beethoven, das eintönige Üben zuhause mit meiner Querflöte, waren vergessen. Die heiße Dusche weckte meine restlichen Lebensgeister. Ich föhnte meine Haare, trug Make-up auf, frisierte mich – alles Routine. Das neue Outfit aus meiner Lieblingsboutique sollte Premiere haben. Ein letzter Blick auf die Uhr: 23 Uhr! Es konnte losgehen.

Der Club Dance-Planet war in diesem Jahr angesagt. Der Einlass ging recht zügig. Die Tanzfläche war schon rappelvoll. Mira und ich stürzten uns ins Getümmel.

Dicht gedrängt, lachend und kreischend, zuckten unsere Körper zu stampfenden Techno-Rhythmen im Stroboskoplicht. Wir konsumierten Drinks und Drogen und feierten ausgelassen.

Dann verschwamm alles vor meinen Augen. Ich verlor die Besinnung. Als ich aufwachte, hörte ich Stimmen – unterbrochen von dem gleichmäßigen Geräusch eines Beatmungsgeräts. Alarmsignale ertönten. Ärzte und Pflegepersonal schafften es in letzter Minute mein Leben zu retten.

Feiernde Menschen
Lebenslust und Lebensgier
kollektiver Rausch

FEIERABEND

Nachdem ich heute Morgen in meiner Lieblingsbäckerei meine Frühstücks-Brötchen gekauft hatte, sah ich einen an den Fahrradständer angebundenen Hund – einen Labrador. Da dachte ich auch wieder über die Anschaffung eines Hundes nach.

Ich hatte mal einen Labrador und konnte mich auch heute Morgen wieder für solch ein schönes Tier begeistern. Im Internet fand ich Verkaufsanzeigen und viele Informationen über diese Hunde. In der Online-Zeitschrift „Mein Hund – mein Partner" entdeckte ich dann das Foto eines Labradors, der vor einem Kamin lag und meinem früheren Hund sehr ähnlich war. So einer sollte es wieder sein.

Ich erinnerte mich, dass ich damals gern den Feierabend mit meinem Labrador vor dem Kamin verbrachte und entspannende Musik hörte.

Vor allem während der sogenannten „spielfreien Zeit" genoss ich solche Abende mit meinem Hund. Einfach einmal loslassen wollte ich, mich dem Nichtstun, dem Lesen und dem Hören von Musik hingeben. Zwischendurch meinen Labrador mit einigen Streicheleinheiten verwöhnen und natürlich auch mich mit dem einen oder anderen Pralinchen und einer erlesenen Tasse Tee – am liebsten Flugtee aus Japan, der erste Tee einer Pflückung.

Während solcher Abende legte ich immer mal wieder Holzscheite in den Kamin auf die Glut, goss mir aus der Porzellankanne Tee in die dünnwandige Tasse und streckte die Beine auf dem Sofa aus. Tiefenentspannt, den Gedanken nachhängend, hörte ich der im Hintergrund erklingenden leisen Entspannungsmusik zu.

Dabei konnte ich mich am besten von den stressigen Proben als Musikerin des Sinfonieorchesters, den Konzerten und dem ständigen Üben auf meiner Querflöte erholen.

Der Labrador hatte sich an diesen Abenden immer auf dem Kaminvorleger ausgestreckt. Manchmal bewegte er die Ohren und zuckte mit den Pfoten im Schlaf – im Rhythmus der Musik.

Meine Gedanken
scheinen ruhig zu schweben
der Hund zuckt im Schlaf

HOFFNUNG

Heute Mittag bekam ich von meiner Freundin Mira eine Einladung zum Samstagabend per E-Mail. Außer mir erhielten diese Einladung zwei weitere von Miras Freundinnen, die ich auch kannte. Bridge war angesagt – ein Kartenspiel für vier Mitspieler.

Vor vielen Jahren hatten wir es hin und wieder mit wechselnden Teilnehmerinnen gespielt. Dabei gab es stets viel Spaß. Deshalb werde ich Miras Einladung annehmen.

Der Einladungs-E-Mail hatte Mira ein Spielkarten-Foto angehängt. Beim Betrachten erinnerte es mich an meine Großmutter, die Karten legte und aus ihnen die Zukunft voraussagte.

Meine Großmutter lebte damals einige Autostunden von meinem Wohnort entfernt. Ich besuchte sie eher selten, denn mein Arbeitsplatz, das Opernhaus, war nun einmal nicht in der Stadt, in der sie lebte.

Ich erinnere mich aber noch an meinen letzten Besuch: Als ich bei meiner Großmutter eintraf, begrüßte sie mich freundlich. Bei Kaffee und Kuchen erzählte sie, dass sie nicht mehr gut laufen könne, aber ansonsten allein noch ganz gut zurechtkomme. Sie war auch sehr interessiert an meinem Privatleben und meiner Arbeit als Musikerin.

Danach holte sie aus einem Schrank ein Kartenspiel hervor und wollte mir die Zukunft vorhersagen. Ich ließ die Prozedur über mich ergehen und war dann aber doch etwas beunruhigt, als sie mir den baldigen Ausstieg aus meinem Beruf und nur noch eine kurze gemeinsame Zeit mit meinem Ehemann voraussagte.

Doch dann beruhigte ich mich, denn an das Deuten der Zukunft aus gelegten Karten hatte ich noch nie geglaubt.

Meine Großmutter schenkte noch einmal Kaffee nach und erzählte mal wieder etwas aus ihrem Leben in ihrer alten Heimat Schlesien. Diesmal davon, wie sie die letzten Tage des zweiten Weltkriegs dort erlebt hatte.

Ich erinnere mich noch heute gut an das, was sie erzählte: „Das schlesische Dorf Gerlachsheim, in dem ich damals mit meiner Stiefmutter auf einem Hof lebte, wurde während der letzten Kriegstage von polnischen Soldaten erobert. Auf unserem Hof hatte sich der Kommandant mit seiner Ehefrau einquartiert.
Wir dienten uns ihnen als Mägde an. Damit waren sie einverstanden. So konnten wir auf unserem Hof bleiben.

Während der Arbeitspausen saß ich manchmal mit dem Rücken an die warme Holzwand der Gerätekammer gelehnt und hielt das Baby in meinem Arm. Es war erst wenige Wochen alt und schlummerte selig, nachdem ich ihm das Fläschchen gegeben hatte. Manchmal gab es leise schmatzende Laute von sich. Ich hielt die Augen geschlossen, genoss die Nähe und den Geruch meines kleinen Mädchens und gab mich meinen Träumen hin.

In einem dieser Träume hörte ich die vertraute, dunkle Stimme meines Mannes, spürte seinen warmen Atem auf meiner Wange und fühlte, wie seine Hände über mein Haar strichen. Diese Hände, die so kräftig zupacken konnten und immer ein wenig rau waren. Deshalb ziepte es manchmal, wenn er mir über den Kopf strich.

Lange war es her, als er auf Fronturlaub nach Hause kam und nach wenigen Tagen schon wieder zu seiner deutschen Kompanie nach Russland zurückmusste. Und doch war er für mich immer präsent.

Sein letzter Brief, wann war er eigentlich angekommen? Ich wischte den Gedanken zur Seite, wollte mich nicht an das Datum erinnern. Ich hatte ihm, wie immer, sofort geantwortet, ihm von dem niedlichen Mädchen geschrieben, das sich gut entwickelte. Auch, dass ich mit dem Kind weiterhin auf dem eigenen Hof wohnte. Aber es war ja nicht mehr unser Hof, denn der polnische Kommandant hatte sich hier mit seiner Frau eingerichtet. Und ich konnte mit der Kleinen hinter dem Stall in der Gerätekammer leben, hatte sogar ein eigenes Bett, wenn auch ein Feldbett, doch immerhin besaß ich zwei Decken – eine als Matratze und eine, um mich zuzudecken.

Und das Baby schlief in einer Wiege, die ich auf dem Dachboden fand. Als Matratze hatte ich ihm Torf in sein Bettchen gelegt und ein Stück von einem Leintuch darüber gespannt. So lag das Baby warm und weich und die Wiege konnte problemlos gesäubert werden.

Im Gegensatz zu den anderen Bewohnern des Dorfes, ging es mir gut. Die waren im Frühjahr zusammengetrieben worden und hatten sich auf den Marsch nach Breslau auf die Oderwiesen machen müssen. Fast wäre ich dabei gewesen. Aber ich hatte mich ja, hochschwanger, der Frau des Kommandanten als Magd angedient.

War es Mitleid oder hatte es daran gelegen, dass die Frau abergläubisch war? Ich merkte das und bot mich an, ihr die Karten zu legen. Die prophezeiten der Kommandantin – so nannte ich die Frau im Stillen – eine glückliche Zukunft, wenn sie freundlich und fürsorglich mit einer schwangeren jungen Frau umgehen würde.

In der Gerätekammer hinter dem Stall fühlte ich mich sicher und wartete auf meinen Mann. Wir hatten uns einst versprochen, dass wir uns in meinem Heimatdorf in Schlesien nach Kriegsende treffen würden.

Denn wo sonst sollten wir uns wiedersehen? Ganz fest glaubte ich an dieses Versprechen, das wir uns gegenseitig gegeben hatten. Auch daran, dass er lebte, gesund war und bald bei uns sein würde."

Ich erinnere mich noch, dass Tränen über die Wangen meiner Großmutter rannen, als sie ihre Geschichte beendet hatte.

Ihre Hoffnung hat sich damals erfüllt. Ihr Mann kam! Das Baby aus der Geschichte ist meine Mutter.

Ein neues Leben
Hoffnung auf eine Zukunft
ein Traum wurde wahr

AUF DER ALM

Am vergangenen Freitag ging ich durch die Fußgängerzone unserer Innenstadt. Mein Blick fiel im Vorübergehen auf die Werbung im Schaufenster eines Reisebüros. Ich blieb stehen, trat näher an das Geschäft heran und sah, dass ein großes Plakat zu einem Urlaub in den Bergen einlud.

Ich hielt die Luft an und es wurde mir schwindelig. Meine Psychotherapeutin hatte mir beigebracht, einer beginnenden Panikattacke mit kontrollierter Atmung und bewusster gedanklicher Entspannung zu begegnen. Es funktionierte auch dieses Mal.

Das Foto, das ich im Schaufester des Reisebüros sah, erinnerte mich an die Alm, auf der ich vor einigen Jahren mit meinem Mann einen Urlaub verbracht habe. Warum es bei mir eine Panikattacke auslöste, will ich erzählen.

Jahrelang hatte ich mich gesträubt, Urlaub auf einer Alm zu verbringen. Mein Ziel war bis zu dem Zeitpunkt immer das Meer. Jedes Mal nach den Urlaubsreisen, wenn mein Mann Matthes und ich wieder zu Hause waren, begann die Vorfreude auf den nächsten Aufenthalt an der Küste.

Doch einmal hatte ich dem Drängen meines Mannes nachgegeben. Wir waren in die Berge gefahren und erreichten die gemietete Almhütte. Unser Aufenthalt sollte zwei Wochen dauern.

Ich sagte meinem Mann damals, dass er auf keinen Fall erwarten kann, dass ich ihn auf Wanderungen begleite. Er hatte gemeint, dass ich mich dann eben allein langweilen müsste.

Am ersten Tag unseres Aufenthalts auf der Alm frühstückte er bei Tagesanbruch und war dann zu einer Bergtour aufgebrochen. Ich bemerkte das, tat aber so, als ob ich noch schlafen würde.

Ich ging zum Fenster unseres Schlafraums und schaute ihm nach.

Die Solarzellen auf dem Dach lieferten Strom. Das Wasser im Kocher war schnell erhitzt und ich goss es in einen Thermosbecher, in den ich vorher lösliches Kaffeepulver gefüllt hatte.

Ich zog mich an, vergaß auch meine warme Steppjacke nicht, die neben der Tür an der Garderobe hing und verließ mit meinem Kaffeebecher die Almhütte.

Es war draußen empfindlich kalt. Mein Atem hing als kleine Wolke vor meinem Gesicht. Ich setzte mich auf die Bank neben der Eingangstür. Von dort hatte ich einen weiten Blick ins Tal und auf die gegenüberliegenden Berge. Das Tal lag noch unter einer Nebeldecke verborgen und hatte einen mystischen Anstrich.

Ich erlebte eine langanhaltende Stille, die Abwesenheit nahezu aller Geräusche, eine fast unerträgliche Ruhe.

Für mich war dies völlig ungewohnt, denn ich hatte mich an Geräusche gewöhnt, die mich während meiner Orchesterproben, den Konzerten und auch in meiner Freizeit ständig begleiteten.

Während unserer Ferien an der Meeresküste hatte ich die Phasen der Ruhe eher genossen, denn es gab ja das ständige Geräusch der Wellen. Aber hier – nur Stille.

Ich war irritiert, ging wieder in die Hütte und holte mein Handy. Ich wollte schauen, welche Nachrichten eingegangen waren, den Kontakt mit der Welt aufrechterhalten. Das war zu der Zeit für mich außerordentlich wichtig. Doch es gab keine Nachrichten, keine E-Mails, nichts. Auf dem Display las ich die Information „Nur Notrufe möglich".

Na toll! Ärger quoll wie eine dunkle Wolke in mir auf. Nach einem tiefen Schluck aus dem Kaffeebecher lehnte ich mich zurück, schloss die Augen und versuchte mich zu entspannen und gab dem Ärger keinen Raum. Schließlich hatte ich Urlaub.

Wie lange ich so dagesessen habe, wusste ich nicht. Vielleicht war ich eingenickt. Mein Gesicht fühlte sich heiß an. Sonnenstrahlen hatten die Hütte erreicht.

Die Steppjacke war mir zu warm geworden. Ich begann zu schwitzen, zog sie aus und legte sie neben mich auf die Bank.

Als ich wieder in das Tal schaute, zeigte sich mir ein anderes, jetzt lebhaftes Bild. Der Nebel hatte sich verzogen. Auf der Landstraße unten waren sogar Autos, Busse und Lastwagen zu erkennen. Der Verkehrslärm kam jedoch nicht bis zu mir auf die Alm. Ich ertappte mich dabei, dass ich darüber froh war.

Und dann waren doch Geräusche zu hören: Das Summen von Bienen und Fliegen. Eine freche Fliege versuchte sich auf meine Nase zu setzen. Sie nervte! Zwei bunte Falter flogen geräuschlos über die Blumenwiese. „Geben Schmetterlinge überhaupt Geräusche von sich?", fragte ich mich.

Noch glitzerte Tau auf den Gräsern und Blüten, und dann überfiel mich mit voller Wucht ein betörender, fast berauschender Duft. Er war so intensiv, dass er schon fast körperlich spürbar war. Ich schloss wieder die Augen und gab mich diesem sinnlichen Erleben hin.

Dann hörte ich eine menschliche Stimme: „Ha no, so isches recht. Genieße Sie's! I han Ihne frische Milch, Eier und Käse bracht. Bleibet Sie no sitze, i stell's Ihne in die Kühlung. Das frische Brot stell i int Lade."

Vor Schreck fuhr ich hoch und stieß mir das rechte Knie an der Tischplatte. Anstelle eines „Guten Morgen" entfuhr mir ein „Au Scheiße", und ich starrte die vor mir auftauchende alte Frau, zu der die Stimme gehörte, entsetzt an.

„No net so schnell", versuchte sie mich zu beruhigen. „Hot dr dei Mo net g'sait, dass ihr zwei mol die Woch frische Lebensmittel bekommet? Ruck amol, sunscht komm i net an dr vorbei."

Da erst nahm ich den ausladenden Korb mit den Leckereien wahr. Ich sprang von der Bank auf und öffnete die Tür, sodass sie den Korb in die Hütte tragen konnte. Das tat sie und ich folgte ihr.

Dann besann ich mich auf meine Pflichten als Gastgeberin und fragte: „Kann ich Ihnen etwas anbieten, Wasser oder Kaffee? Sie sind nach dem anstrengenden Aufstieg sicher durstig."

Die Frau lachte, zeigte dabei makellose Zähne und sah sofort mindestens zehn Jahre jünger aus. „Koi Sorg", sagte sie, „i han des Auto glei hintr derer Hütten parkt."

Die alte Frau blieb in der Hütte. Ich auch. Dann setzte ich mich auf die Bank unter dem Fenster und überlegte, dass ich, bevor die Frau kam, eingeschlafen sein musste. Und zwar richtig tief und fest, denn ihr Auto hatte ich nicht gehört.

Die Frau sah sich in der Hütte um und fragte: „Hän Sie scho frühstückt? I glaub itte. Übrigens, i bin die Hanna, meim Mo, dem Josef, g'hört die Hütten. Den hänt ihr ja scho gestern kenneglernt."

Hanna packte die Lebensmittel aus. Darunter war auch ein großes Stück durchwachsener Speck. Ohne lange zu fragen, nahm sie ein Küchenmesser und ein Schneidebrett aus einer Schublade. Dann begann sie Scheiben von dem Speck abzuschneiden, um sie anschließend in Würfel zu verwandeln.

Gestern Abend hatte ich die Ausstattung der Küchenzeile nur oberflächig angeschaut und nicht auf die beiden Induktions-Kochplatten geachtet. Meine Vermieterin aber kannte sich bestens aus.

Nach wenigen Minuten brutzelten die Speckwürfel in zerlassener Butter in der Pfanne. Auch der Inhalt einer Schüssel, in die sie vorher sechs Eier aufgeschlagen hatte. Dann schnitt sie von dem frischen Bauernbrot vier Scheiben ab.

Verdutzt schaute ich diese tatkräftige Frau an und stotterte: „Aaber sechs Eier? Wer soll das essen?"

Jetzt schaute Hanna verdutzt. Sie musterte mich mit einem schwer zu deutenden Blick und sagte: „Na du, Madle. Is do sunscht no ebber? I sieh niement! Wird eh Zeit, dass was auf d Rippen kriegscht. Bischt eh zu dürr."

Sie ließ sich in ihrer Arbeit nicht beirren. Ein köstlicher Duft zog durch die Hütte. Mir lief das Wasser im Mund zusammen. Ich musste schlucken und verschwendete nur einen kleinen, mitleidigen Gedanken an alle Vegetarier und Veganer.

Ich schaute im Küchenschrank nach Geschirr und Besteck. Wenigstens den Tisch wollte ich decken. Ohne sich zu mir umzudrehen, sagte Hanna: „It do. In dr Kommode muscht luage. I brauch fei nix, i han schon gesse."

Ich widmete mich den Rühreiern und dem Bauernbrot und musste gestehen: Das waren die besten Rühreier meines Lebens.

„Der Matthes is wohl schon los?", fragte mich Hanna.

„Ja", antwortete ich.

Hanna nickte und sagte: „Recht macht er's. In der Früh wandert's sich am besten." Dann verließ sie die Almhütte.

Den Rest des Tages verbrachte ich mit herrlichem Nichtstun, Lesen und Musikhören. Ich hatte einen Roman und meinen Laptop mit der umfangreichen Musikdatenbank mitgenommen. Hin und wieder schenkte ich mir eine Tasse Kaffee ein, aß die eine und die andere Praline und auch mal ein Stück Schokolade. Matthes war von seiner Wanderung immer noch nicht zurück.

Der Nachmittag neigte sich dem Abend entgegen. Ich wurde immer unruhiger. Von Matthes weit und breit keine Spur.

Zum wiederholten Mal inspizierte ich die Leckereien, die Hanna mitgebracht hatte. Es waren genügend Eier da. Zur Not konnte ich noch mal Rührei zubereiten – wie Hanna heute Morgen, mit viel Speck. Das hatte mir so gut geschmeckt.

Außerdem hielten sich meine Kochkünste sehr in Grenzen. Der richtig gute Koch in unserer Ehe war Matthes. Und ich wusste das zu schätzen.

Es war spät geworden und dämmerte bereits. Ich setzte mich auf die Bank, die vor der Almhütte stand, hatte wieder die Steppjacke angezogen und hielt das Handy in den Händen. Ich verfluchte das hier nicht vorhandene Internet und die fehlende Mobilfunkverbindung.

Da hörte ich das Motorgeräusch eines Autos. Ich sprang auf und rannte um die Hütte herum. Ich sah das Auto, Hanna und ihren Mann, die ausgestiegen waren und mir entgegenkamen.

Hanna nahm mich wortlos in die Arme und hielt mich fest. Josef räusperte sich und sagte: „Andere Wanderer haben Matthes gefunden. Er ist wohl ausgerutscht und dann den Hang hinuntergestürzt. Die Bergrettung ist unterwegs. Drücken wir deinem Mann die Daumen."

Ich hatte während der ganzen Nacht die Daumen gedrückt, war in der Hütte auf und ab gelaufen, habe geheult und geschrien, doch es hat nichts genützt.

Am Morgen kamen sie, die Männer der Bergwacht. Sie brachten mich zu Matthes ins Krankenhaus. Er lebte nicht mehr.

Ruhe und Frieden
Urlaub in der Almhütte
erschüttert vom Tod

ENDLICH LOSLASSEN

Vor einigen Tagen entdeckte ich beim Durchblättern eines Heftes meiner Foto-Zeitschriften-Sammlung eine Nahaufnahme, die Regentropfen auf Halmen zeigte.

Ich erinnerte mich: Solche Tropfen auf Halmen sah ich auch vor vielen Jahren auf einen Spaziergang durch unseren Stadtpark, als ich den Weg verließ und über eine Wiese ging.

Meine Psychotherapeutin hatte mir nach dem Unfalltod meines Mannes geraten, mich viel in der Natur aufzuhalten. Ich sollte mich nicht in meine Arbeit als Musikerin zurückziehen, sondern in der Natur wieder den Zugang zur Umwelt und meinen Mitmenschen entdecken.

Ich erinnere mich, dass auf der Wiese im Stadtpark der Boden und das Gras durch einen kurzen Regenschauer feucht geworden war. Doch die warme Mittagssonne hatte bereits die meiste Nässe aufgesogen. Ein warmer Windhauch bewegte die Gräser und Blüten sanft und verstärkte den jetzt schon intensiven Duft nach Erde, Blumen und frischem Grün noch mehr.

Ich atmete diese Kaskade von Gerüchen tief ein und versuchte sie zu analysieren. So, wie ich stets alles zu analysieren pflegte.

Dieses Mal wollte es mir nicht gelingen. Ein Gefühl des Unmuts überkam mich. Meine geschlossenen Augenlider flatterten. Dann atmete ich tief ein und aus und versuchte mich zu entspannen.

Ich wollte nicht mehr alles zerpflücken und untersuchen. Die Therapeutin hatte mir geraten, loszulassen. Ich sollte versuchen, die Gegebenheiten anzunehmen und mich angenehmen Momenten hinzugeben. Das war mir schier unvorstellbar erschienen.

Ich erinnerte mich an den Ratschlag der Therapeutin, mein Gesicht ganz bewusst zu entspannen. Es gelang mir damals nach einigen Versuchen ganz gut und ich spürte, wie sich ein Gefühl der Wärme in meinem Körper ausbreitete. Es begann in der Körpermitte, zunächst für mich kaum wahrnehmbar. Doch dann wurde es immer stärker und eine Wärmewelle flutete in jeden Teil meines Körpers. Ich gab mich diesem Gefühl hin – endlich.

Tiefe Entspannung
Blütendüfte, Sonnenschein
und endlich loslassen

BROCKENWANDERUNG

Das Foto, auf dem Moose, Steine und nackte Baumwurzeln zu sehen sind, über die Wasser silberhell dahinrieselt, entdeckte ich in einem Wanderführer über
den Harz in der hiesigen Stadtbibliothek, die ich vor-
gestern mal wieder besucht habe, um Bücher auszu-
leihen.

Das Foto erinnerte mich an eine Wanderung, die
mich vor einigen Jahren im Harz hinauf zum Brocken
und hinunter ins Ilsetal führte.

Es hatte Jahre gedauert, bis ich nach dem Tod meines Mannes wieder in die Nähe eines Berges gehen
konnte. Ich legte bei meiner Harzwanderung den Fo-
kus auf die Literatur und hier insbesondere auf die
Harzreise von Heinrich Heine.

Ich erinnere mich noch gut daran, dass sich damals
das Fotomotiv aus dem Wanderführer vor meinen
Augen auftat, nachdem ich etwa einen Kilometer hinauf zum Brocken gewandert war und mir eine Rast
gönnte.

Mein Blick fiel auf große Steine, die übereinander-
lagen. Darauf standen Bäume mit nackten Wurzeln.
Erst am Fuß der Steine schienen sie den Boden zu er-
fassen. So, dass es aussah, als ob sie in der freien Luft
wachsen würden.

Ich erinnere mich daran, dass der Dichter Heinrich
Heine während seines Aufstiegs auf den Brocken
ähnliche Eindrücke hatte und sie in seinem Buch „Die

Harzreise" beschrieb. Dieses Buch begleitete mich auf meiner Wanderung.

Während der ersten Rast, die ich mir beim Aufstieg auf den Brocken gegönnt hatte, nahm ich es aus meinem Rucksack und blätterte darin, bis ich Heines Beschreibung der Moosbänke fand: *„Überall schwellende Moosbänke; denn die Steine sind fußhoch von den schönsten Moosarten, wie mit hellgrünen Sammetpolstern, bewachsen. Liebliche Kühle und träumerisches Quellengemurmel. Hier und da sieht man, wie das Wasser unter den Steinen silberhell hinrieselt und die nackten Baumwurzeln und Fasern bespült. "*

Diese munteren kleinen Wasserläufe begleiteten auch meine Wanderung und haben mich damals zu folgendem Haiku inspiriert:

Nackte Baumwurzeln
Steine Moose und Wasser
das silbern dahinrieselt

Ich las während meiner Wanderung auf den Brocken weiter in Heinrich Heines Buch und erfuhr, dass er nach Erreichen des Brockengipfels wunderliche Gruppen von Granitfelsen von erstaunlicher Größe sah. Auch mich haben diese Felsformationen, nachdem ich auf meiner Wanderung den Gipfel des Brockens erreicht hatte, sehr beeindruckt.

Bevor ich aber oben auf dem Berg angekommen war, führte mich der Weg nicht mehr durch romantische dunkle Tannenwälder, wie Heine sie beschrieben hat. Ein großes, sich über weite Flächen erstreckendes Waldsterben hat während der Wanderung bei mir einen erschreckenden Eindruck hinterlassen.

Die Ursache? Eine intensive und rigorose Holzwirtschaft, die zu einer Schwächung des ursprünglichen Baumbestandes geführt und ihn nachhaltig geschädigt haben soll.

Ich las in Heinrich Heines Buch, dass er während seiner Wanderung in der 1804 erbauten Brockenherberge übernachtet hat. Auf meinem Weg sah ich das Brockenhotel, das sicher aus der ehemaligen Herberge entstanden ist, den Fernsehturm und das Nationalpark-Besucherzentrum Brockenhaus.

Der Abstieg vom Brocken führte Heinrich Heine, wie er schrieb, ins Ilsetal. Mich auch! Der Dichter beschrieb diesen Teil seiner Wanderung so: *„Das ist nun die Ilse, die liebliche, süße Ilse. Sie zieht sich durch das gesegnete Ilsethal. Es ist unbeschreibbar, mit welcher Fröhlichkeit, Naivität und Anmut die Ilse sich hinunterstürzt über die abenteuerlich gebildeten Felsstücke, die sie in ihrem Laufe findet, sodass das Wasser hier wild emporzischt oder schäumend überläuft, dort aus allerlei Steinspalten, wie aus vollen Gießkannen, in reinen Bögen sich ergießt.“*

Heinrich Heine war von dem Flüsschen anscheinend derartig beeindruckt, dass er ihm zu Ehren das Gedicht „Ich bin die Prinzessin Ilse“ verfasste. Hier die ersten beiden Verse:

„Ich bin die Prinzessin Ilse,
Und wohne im Ilsenstein;
Komm mit nach meinem Schlosse,
Wir wollen selig sein.
Dein Haupt will ich benetzen
Mit meiner klaren Well,
Du sollst deine Schmerzen vergessen,
Du sorgenkranker Gesell!"

Das Ilsetal erschien auch mir damals auf meiner Wanderung voller Liebreiz. Ich hatte das Glück, es bei fantastischem Herbstwetter zu erleben. Am Ende des Ilsetals entdeckte ich das zu Ehren der „Prinzessin Ilse" erbaute Quellhaus mit Trinkbrunnen. Ich trank das Quellwasser. Es schmeckte köstlich! Meine Eindrücke vom Ilsetal haben dieses Haiku entstehen lassen:

Ohne Aufenthalt
eilt sie hinunter ins Tal
Prinzessin Ilse

Der Dichter Heinrich Heine beschrieb im Buch „Die Harzreise" seinen Weg vom Ilsetal zum Ilsestein: *„Endlich gelangte ich auf den Ilsenstein. Das ist ein ungeheurer Granitfelsen, der sich lang und keck aus der Tiefe erhebt. Von drei Seiten umschließen ihn die hohen, waldbedeckten Berge, aber die vierte, die Nordseite, ist frei, und hier schaut man über das un-*

ten liegende Ilsenburg und die Ilse weit hinab ins nie-
dere Land. Auf der turmartigen Spitze des Felsens
steht ein großes, eisernes Kreuz, und zur Not ist da
noch Platz für vier Menschenfüße. "

Nachdem auch ich während meiner Wanderung damals den Ilsestein erreicht hatte, bot sich auch mir ein
grandioser Ausblick. Mit diesen Eindrücken auf den
Spuren des Dichters Heinrich Heine endete meine
Harzwanderung

ABSCHIED

Ich erhielt heute Morgen mit der Post einen Werbeprospekt der Firma „Koffer Koch". Darin entdeckte ich ein Foto von zwei alten Koffern. Der Werbetext unterstellt potentiellen Kunden wohl den möglichen Besitz solcher Oldies und animiert sie zum Kauf neuer, viel ansehnlicherer Koffer.

Das Foto, auf dem die beiden alten Koffer zu sehen waren, erinnerte mich an die Gepäckstücke einer alten Frau, die ich vor Jahren auf der Seiser Alm vor ihrem Haus getroffen habe. Diese Koffer hatte sie mit ihren Habseligkeiten gefüllt und im Flur ihres Hauses abgestellt, denn ihr stand der Umzug in ein Pflegeheim bevor.

Meine Wanderung über die Seiser Alm führte mich damals zu einem alten Haus. Direkt neben der Haustür stand eine Bank. Ich gönnte mir eine Verschnaufpause und setzte mich darauf. Dann öffnete ich meinen Rucksack, nahm meine Brotdose und die Wasserflasche heraus, aß und trank.

Plötzlich öffnete sich knarrend die Haustür. Eine alte Frau kam heraus, begrüßte mich und setzte sich neben mich auf die Bank. Ich war erschrocken und sagte: „Entschuldigen Sie bitte, dass ich mich ungefragt hier hingesetzt habe."

Die alte Frau lächelte etwas wehmütig und entgegnete: „Sie müssen sich nicht entschuldigen. Im Gegenteil, ich freue mich, dass ich an dem letzten Tag in meinem Haus noch einmal eine Wanderin begrüßen darf, wie so viele Wanderer in den vergangenen Jahren."

Ich fragte erstaunt: „Wieso ist es ihr letzter Tag in diesem wundervollen, alten Haus?"

Die alte Frau seufzte. Ihr Blick wandte sich von mir ab und sie schaute ins Tal. Dann erzählte sie: „Wie oft habe ich mich mit einem Kissen und einem Buch auf dieser Bank meinen Träumen hingegeben. Wenn die Sonne an Kraft verlor und es kühler wurde, kuschelte ich mich zusätzlich in eine Decke. Doch nun heißt es Abschied nehmen, Abschied für immer. Es ist für mich zu beschwerlich geworden, das Haus und den Garten allein zu bewirtschaften und im Dorf einkaufen zu gehen. Der Weg vom Dorf herauf ist steil, und meine Beine können die Strecke trotz mehrerer Pausen nicht mehr bewältigen.

Das Auto benutze ich schon seit Monaten nicht mehr. Genauer gesagt, seitdem ich nicht mehr richtig sehen kann. Die freundliche junge Augenärztin hat mir keine Hoffnung auf Besserung gemacht – im Gegenteil.

Nun sitze ich hier auf meiner Bank. Zwei gepackte Koffer liegen im Flur und sind genauso wie ich abholbereit. Außerdem einige kleine Möbelstücke, die ich gekennzeichnet habe.

Hören Sie auch die Bienen summen und riechen Sie den intensiven Duft nach Blüten und feuchtem Gras? All das lässt ein wohliges Gefühl in mir aufsteigen."

Ich stimmte ihr zu und genoss, wie sie, diese Geräusche und Gerüche mit allen Sinnen.

Die alte Frau lächelte und erzählte weiter: „Meine Gedanken wandern viele Jahre zurück. Ich sehe und höre das Lachen meiner Kinder. Mittendrin Tobby, der Haus- und Hofhund und Spielgefährte meiner drei Rangen, der freudig bellend umherspringt.

Dann der große Zeitensprung. Die Kinder wurden erwachsen, fanden Berufe und Partner in weit entfernten Gegenden. Das Zuhause war ihnen zu klein und zu eng geworden. Tobby hatte noch zwei Nachfolger gehabt, aber auch die sind schon lange nicht mehr bei mir.

Und dann kam diese furchtbare Krankheit, die mir nach langem Hoffen und Bangen meinen geliebten Mann nahm. Die Kinder meinten, dass ich zu ihnen in die Stadt ziehen sollte. Da hätte ich es schön und vor allem weniger Arbeit. Doch es schauderte mich bei dem Gedanken, ohne Aufgabe den ganzen Tag dazusitzen, manchmal aus dem Fenster zu schauen und darauf zu warten, dass sie nach Hause kommen. In ein Zuhause, das nicht meins wäre."

Eine graugetigerte Katze sprang zu uns auf die Bank und schmiegte sich an die alte Frau. Die kraulte ihr den Nacken und das Tier schnurrte wohlig.

„Kitty, meine Katze wird bei mir bleiben", sagte die alte Frau. „Sie wird mich ins Pflegeheim begleiten. Das hatte mir die Leiterin der Einrichtung zugesichert."

Ich war betroffen und schaute die alte Frau an. Da sah ich, wie sie Tränen abwischte, die über ihre Wangen liefen – Abschiedstränen.

Die Bienen summen
Blüten und Gräser duften
Abschied für immer

WALDBADEN

In der vergangenen Woche saß ich beim Frisör und blätterte in einer Natur-Zeitschrift. Einfach so, ohne großes Interesse. Dann sah ich das Foto eines Baumes. Er sah genauso aus, wie der Baum, den ich vor drei Jahren während des Waldbadens umarmt hatte. Plötzlich hatte ich dieses besondere Erlebnis wieder vor Augen.

Wenn mir zur Zeit meiner beruflichen Tätigkeit als Musikerin einer gesagt hätte, dass ich einmal einen Baum umarmen und mich dicht an seine Rinde schmiegen würde, dann hätte ich denjenigen für verrückt erklärt.

Nach dem plötzlichen Unfalltod meines Ehemannes war ich in ein tiefes Loch gefallen und hatte mich zusätzlich zu meiner Arbeit als Musikerin im Opernhaus auch zuhause in jeder freien Minute mit meinem Instrument beschäftigt. Ich wollte die Querflöte noch besser spielen als bisher. Schlafen, Essen, Abschalten, Ruhe finden, Freunde treffen – das war für mich alles nebensächlich geworden.

Mira, meine beste Freundin seit der Grundschulzeit, hatte mich auf den neuen Trend „Waldbaden" aufmerksam gemacht, mir den Ablauf erklärt und immer wieder betont, wie wichtig diese Erfahrung für mich sei und mich zu diesem Kurzwochenende gedrängt. Für mich und mein angegriffenes Nervenkostüm wäre das eine heilsame und unerlässliche Erfahrung.

Ich hatte ihr entgegnet, dass ich mindestens schon gefühlte 1000 Waldspaziergänge in meinem Leben gemacht hätte und es auf diesen einen mehr oder weniger auch nicht mehr ankomme.

Dieses Argument kam bei Mira nicht so gut an, denn sie hakte sofort ein und meinte, dass ein Waldspaziergang mehr in meinem Leben nur von Vorteil sein könne.

Mira hatte sich gegen meinen entschiedenen Protest durchgesetzt und mir den Aufenthalt in einer Ferienhaus-Anlage mit dem Angebot „Waldbaden" einfach übergestülpt.

Aber so war es immer. Wenn meine Freundin sich etwas in den Kopf gesetzt hatte, war sie durch nichts davon abzubringen, es durchzusetzen. Und zugegeben: Ich merkte selbst, dass ich kurz vor einem Zusammenbruch stand. Ständige Schlaflosigkeit, Panikattacken und Appetitlosigkeit überzeugten auch mich von der Notwendigkeit einer Auszeit.

Am frühen Morgen hatte es geregnet. Die Luft war frisch und von herrlichen Gerüchen erfüllt, die ich gar nicht alle zuordnen konnte. Zaghafte Sonnenstrahlen versuchten den Dunst zwischen den Bäumen zu vertreiben.

Wir waren eine Gruppe von fünf Frauen und einem Mann. Unser weiblicher Coach hatte uns vor unserem Aufbruch in den Wald die Vorgehensweise erklärt. Die erste Anweisung war, möglichst nicht zu reden, sondern die vielen Eindrücke mit allen Sinnen wahrzunehmen.

Ich war überrascht, dass sogar Plappermäulchen Mira, die sonst keine fünf Minuten schweigen konnte, sich widerspruchslos fügte. Der einzige Mann in unserer Gruppe schnaubte abfällig. Er nahm nur widerwillig am „Waldbaden" teil, weil ihn eine der Frauen, seine Freundin, dazu überredet hatte. Wir alle waren mit Sehen, Hören und Fühlen beschäftigt.

Unser Coach sprach auch nur das Nötigste. Die junge Frau machte uns auf einige beachtenswerte Besonderheiten aufmerksam, die ich, zugegeben, sonst nicht bemerkt hätte. Sie erklärte die Düfte verschiedener Pflanzen und deren Aufgabe.

Dann gingen wir schweigend weiter. Ich kam mir lächerlich vor. Doch als meine Aufmerksamkeit auf kleine Besonderheiten am Wegrand gelenkt wurde, veränderte sich so nach und nach meine Einstellung. Plötzlich nahm ich die frische und würzige Luft wahr, spürte, wie meine Neugierde geweckt wurde und ich mich mehr und mehr wohlfühlte.

Während der Mittagszeit erreichten wir eine wunderschöne Lichtung. Und dort gelang es mir wirklich, das wundervolle Licht, den Schatten unter den Bäumen, das Rauschen der Blätter, den Gesang der Vögel und viele kleine Naturgeräusche so intensiv wahrzunehmen, wie nie zuvor in meinem Leben.

Unser Coach forderte uns auf, aus einer Baumgruppe am Rand der Lichtung einen persönlichen Lieblingsbaum auszusuchen. Alle hatten ihren Baum gefunden. Auch Mira und ich. Wir beide waren aber auf denselben Baum fixiert und das widersprach den Spielregeln, wie unser Coach erklärte.

Die Klügere gab nach und ich suchte mir einen anderen Baum aus, dessen Aussehen mich faszinierte.

Unser Coach wies uns an, unsere ausgewählten Bäume zu umarmen und den speziellen Duft dieser Lebewesen, wie sie die Bäume nannte, in uns aufzunehmen und wirken zu lassen.

Und dann stand ich vor „meiner" Eiche, die der auf dem Foto sehr ähnlich sah. Ich spürte plötzlich, dass von diesem Baum etwas ausging, das ich nicht in Worte fassen konnte. Während ich die Eiche, so gut es ging, umarmte, atmete ich den Geruch des Baumes ein, fühlte die noch etwas feuchte und raue Rinde an meinen Händen und meiner Wange. Ich dachte: „Ja, das ist schön!" Das Umarmen meines Baumes war für mich ein wunderbarer Abschluss einer Naturerfahrung, der ich mit sehr viel Skepsis begegnet war. Ich fühlte mich entspannt, innerlich sehr ruhig und war Mira dankbar, dass sie mich zum „Waldbaden" überredet hatte.

Ein Lebewesen
uralt, meist unbeachtet
spendet Halt und Trost

MARIENBORNER WASSERSEGEN

Vor zwei Wochen bekam ich eine Erkältung. Am zweiten Tag quälte sie mich besonders heftig, sodass ich es vorzog, den Abend des Tages auf dem Sofa im Kaminzimmer zu verbringen. In eine Wolldecke gehüllt und mit einer großen Tasse Kräutertee in der Nähe auf dem Beistelltischchen, waren meine ständigen Hustenattacken und die verstopfte Nase einigermaßen zu ertragen.

Gemeinsam mit mir verbrachte mein Labrador diesen Abend. Er hatte es sich auf seiner Decke vor dem Kamin gemütlich gemacht.

Ich war aber nicht untätig, denn ich schaute mir auf meinem Handy Fotos an, die meine Freundin Mira mir als E-Mail-Anhänge geschickt hatte. Es waren Fotos von unseren gemeinsamen Ausflügen. Beim Durchscrollen sah ich das Foto einer Marienstatue – die Gottesmutter Maria mit dem Jesuskind auf dem Arm.

Ich überlegte, wann und wo das Bild von Mira aufgenommen worden sein könnte. Dann fiel mir ein: in Marienborn! Vor zwei Jahren waren wir dort und haben die Wallfahrts-Kapelle besichtigt. Dort stand diese Marienstatue. Mira hatte mich damals mit einem Tagesausflug dorthin überrascht.

Ich erinnerte mich, dass sie ihr Auto auf einem kleinen, in der Nähe der Kapelle gelegenen Parkplatz abgestellt hatte. Wir entdeckten eine große Hinweistafel, auf der der Ort mit seinen Sehenswürdigkeiten abgebildet war. Hinter der Tafel lag ein kleiner Teich.

Ich weiß noch, dass ich Mira fragte, warum wir hier unten an der Straße parken und nicht bei der Kirche auf der kleinen Anhöhe auf der anderen Straßenseite. Sie lachte nur, schüttelte den Kopf und zog mich auf einen Weg, der zur Kapelle führte. Wir gingen an dem Teich vorbei und erreichten eine Wiese mit zwei Tischen und Bänken.

Von dort aus sah ich sie, die kleine Kapelle. Ich schaute noch einmal zurück auf die nahegelegene Kirche. Die erschien mir im Verhältnis zur Kapelle riesig.

Unser Weg führte zum Eingang des kleinen Gebäudes und endete dort. Links und rechts neben der geöffneten Eingangstür standen zwei Bänke.

Wir wollten in die Kapelle hineingehen, was aber nicht möglich war, weil ein halbhohes Gitter den Eintritt in das Gebäude verhinderte. Vielleicht drei Meter von der Eingangstür entfernt, ihr gegenüber, stand Miras Fotomotiv, die lebensgroße Madonnenfigur mit dem Jesuskind auf dem Arm.

Vor der Statue hatte man ein von einem Gitter eingefasstes Wasserbecken in den Boden eingelassen und davor eine Gebetbank aufgestellt. Das Gitter wurde von Vasen mit frischen Blumensträußen flankiert.

Hinter der Marienstatue war in einem Abstand von ungefähr zwei Metern die Rückwand der Kapelle.

Oben hatte man in die Wand ein rundes Fenster eingebaut und darunter ein Kreuz befestigt.

Mehr Licht fiel durch die beiden Fenster an der rechten und linken Seitenwand in den Innenraum. Unter diesen Fenstern gab es auf beiden Seiten zwei Bänke ohne Rückenlehnen.

Ich war vor der Tür stehengeblieben und nahm das alles in mich auf. Eine seltsame Ruhe erfasste mich. Ich konnte den Blick kaum von der Statue lösen.

„Ist das nicht ein berührender Eindruck?", fragte eine Frauenstimme hinter mir. Ich fuhr erschrocken herum. Es war nicht Mira, das hatte ich an der Stimme gleich erkannt, sondern eine ältere Frau. Sie stand hinter mir und lächelte mich freundlich an.

„Sie sind wohl zum ersten Mal hier?", fragte sie mich. Ich nickte und musterte sie.

„Wir kommen jedes Jahr hierher", erzählte sie mir. „Jedes Jahr, um uns für das Wunder zu bedanken und um Gesundheit und Wohlergehen für das kommende Jahr zu bitten." Die Frau fasste meinen Arm und zog mich auf die Bank links neben der Eingangstür.

Ich muss wohl einen sehr erstaunten Gesichtsausdruck gehabt haben und fragte: „Wunder?" Auch war mir der osteuropäische Akzent der Frau aufgefallen.

„Ich heiße Amelia, mein Mann Janek und mein Bruder Jakub. Die beiden sind auch hier. Wir kommen seit zehn Jahren einmal im Jahr hierher, um zu danken. Die lange Fahrt aus unserem polnischen Heimatort nehmen wir dabei gern auf uns."

Ich schaute mich vorsichtig nach Mira um, konnte sie aber nicht entdecken. Amelia lachte mich an und wies mit der Hand in Richtung Parkplatz. Mira stand bei ihrem Auto und lud etwas aus dem Kofferraum in eine große Tasche.

„Ihre Freundin macht es richtig", sagte Amelia und nickte eifrig. „Aber bevor ich Ihnen alles über die Quelle erzähle, kommen Sie mit auf die Seite zum Quellstein. Über dem Stein hängt eine Tafel, auf der Sie selbst nachlesen können, warum dieses Wasser so besonders ist."

In der Zwischenzeit war Mira mit der großen Reisetasche zu uns gestoßen. Vor dem Quellstein packte sie etliche leere Wasserflaschen aus, die sie in aller Ruhe mit dem Quellwasser füllte.

Auf der Tafel, die über der Wasserentnahmestelle der Kapelle angebracht war, las ich folgenden Text:
Die Geschichte des Ortes Marienborn beginnt mit dem Jahr 1191.

Hirt Conrad, der sein Vieh in dieser Gegend, die den Namen Mordthal trug, hütete, sah in einer Vision eine Reihe Jungfrauen, die sich mit brennenden Fackeln vor einem Baum verneigten.

In einer anderen Version sah er die Mutter Gottes Maria, die ihren Sohn Jesus bat, er möchte ihr diesen Ort schenken, damit sie hier die Bitten der Menschen aufnehmen kann. Jesus erfüllte ihr diesen Wunsch, aber er will mit ihr an diesem Ort bis zum Ende der Welt angerufen werden.

Nach diesem Gespräch haben sich Jesus und seine Mutter in den Brunnen niedergelassen. Zwei Engel haben darüber ein Kreuz gehalten zum Zeichen, dass der Herr mit seiner Mutter verehrt sein wollte. Es sollte auch hier ein Altar errichtet werden.

Kurz darauf wurde der Hirt krank. Auf dem Sterbebett erzählte er dem Priester, der ihn mit den hl. Sterbesakramenten versah, von seinen Erscheinungen. Andere Hirten, die ihr Vieh zur Quelle im Mordthal trieben, wunderten sich, dass ihre Tiere das Wasser nicht trinken wollten.

Diese Tatsache hat ein Greis so gedeutet, dass der Brunnen keine Viehtränke, sondern eine Quelle für kranke Menschen sei. Deshalb ging der Priester mit einigen Leuten zur Quelle und fand dort eine kleine Statue der Mutter Gottes mit dem Jesuskind (Höhe der Statue 14,5 cm). Diese befindet sich heute im Besitz der evgl. Kirchengemeinde Sommersdorf und wird bei den Prozessionen zur Brunnenkapelle mitgetragen.

Der Ort wurde bald in der ganzen Gegend bekannt. Zahlreiche Menschen kamen, um aus dem Brunnen, der den Namen Marienborn erhielt, Wasser zu schöpfen und um Gesundheit zu bitten.

Im Jahr 1191 hat der Magdeburger Erzbischof Wichmann Mordthal besucht. Von dem, was er gesehen und erlebt hat, war er so beeindruckt, dass er der Kapelle seinen bischöflichen Mantel schenkte und für den Unterhalt des Hospitals 9 Hufen (90 ha.) Acker kaufte.

Auch die Adelsfamilien betrachteten es als Ehre, dem Ort Acker- und Geldschenkungen zu machen. Dasselbe tat auch der künftige Kaiser Otto IV. im Jahr 1204, als er Marienborn und Sommersdorf besuchte.

Zur Pflege der kranken Pilger meldeten sich die Damen aus den Adelsfamilien. Später – um 1214 – übernahmen Nonnen aus Helmstedt-Marienberg diesen Dienst. Für sie wurden ein Kloster und eine Kirche gebaut. Die Zahl der Nonnen war auf 50 begrenzt.

Im Jahr 1400 entstand eine neue Kapelle über dem Brunnen. Die Fundamente sind bis heute erhalten.

Der Text der Tafel beschrieb dann die weitere Geschichte der Kapelle, des Klosters und der Kirche: Verfall der Kapelle, Neuaufbau, Schließung des Klosters, Verbot der Wallfahrten in der Nazi-Zeit und die wiederholte Zerstörung der Kapelle, was in der DDR fortgesetzt wurde.

Nach der Wiedervereinigung, so konnte ich der Tafel entnehmen, sei die Kapelle wieder aufgebaut und eine Kopie der früheren Statue auf einen Sockel in den Brunnen gestellt worden.

Weiter war zu lesen: *2004 wurde die Wasserentnahmestelle neben der Kapelle eingerichtet, der „Marienborner Wassersegen" angebracht und neue Fenster eingesetzt. Bei Dunkelheit wird die Kapelle durch Scheinwerfer angestrahlt. Das ganze Jahr über – besonders an Marienfeiertagen – kommen Pilger aus nah und fern, um die Gottesmutter zu ehren und sie in ihren Anliegen um Fürsprache bei ihrem Sohn Jesus Christus zu bitten.*

Mira drückte mir eine der gefüllten Wasserflaschen in die Hand und sagte mir, dass ich trinken solle. Wir setzten uns zusammen mit Amelia, ihrem Mann und ihrem Bruder auf die beiden Bänke neben der Eingangstür.

Wir Frauen saßen links und die beiden Männer rechts. Janek, Amelias Mann, beugte sich zu uns vor und erzählte die Krankengeschichte seiner Frau.

„Amelia war immer eine starke und fleißige Frau. Doch plötzlich begann sie über Schwäche und Müdigkeit zu klagen. Kochen und Backen waren bis dahin immer ihre Lieblingsbeschäftigungen, doch dann, ging nichts mehr. Sie wollte nicht mehr kochen, nicht mehr backen und was noch schlimmer war, auch nicht mehr essen.

Wir gingen zu unserem Hausarzt, der untersuchte Amelia, auch ihr Blut und den Urin. Beim nächsten Gespräch zuckte der nur mit den Achseln und meinte: „Amelia ist gesund, ich kann nichts finden."

Doch Amelia ging es immer schlechter. Sie konnte nur noch mit Mühe morgens aufstehen und wurde immer dünner und schwächer. Die Nachbarinnen brachten stärkende Suppe, gebratenes Huhn, Obst und selbstgebackenen Kuchen. Amelia probierte die Speisen, doch sofort schob sie sie weg. Manchmal wurde ihr beim Anblick der Speisen sogar schlecht.

Dann kam Lena zu Besuch. Sie brachte nichts mit, setzte sich zu Amelia und sagte sehr eindringlich zu ihr, dass ihr nur Maria mit dem Jesuskind und dem Wasser helfen könne.

So erfuhren wir von dem Marienborner Wassersegen. Wir sind noch im selben Monat nach Marienborn gefahren. Obwohl Amelia sehr schwach war, bestand sie auf der Reise.

In Marienborn blieben wir eine Woche. Amelia hat jeden Tag vom Quellwasser getrunken und die Madonna um Hilfe gebeten. Plötzlich ging es ihr von Tag zu Tag besser. Amelias Appetit und die Kraft kamen zurück.

Als wir nach Polen zurückfuhren, nahmen wir 20 Flaschen Quellwasser mit."

„Das ist das Wunder, von dem ich gesprochen habe", erklärte Amelia. Sie blickte mich intensiv an, nickte mir zu und sagte: „Sie werden auch wieder gesund. Ich spreche nicht nur von Ihrer Erkältung, vielmehr von Ihrer Seele."

Ich war verblüfft, schaute Amelia und die beiden Männer an. Dann fiel mein Blick auf Mira, und ich sah, wie sie leise lächelte.

Wir standen auf. Mira schulterte die jetzt schwere Tasche mit den Wasserflaschen, und wir verabschiedeten uns von den drei polnischen Wallfahrern. Amelia umarmte mich, Janek verbeugte sich und drückte meine Hand und Jakub trug Mira die schwere Tasche zum Auto.

Der heilige Quell
ist für jeden verfügbar,
hilft dem Gläubigen

BOOT IM NEBEL

Vor einem Monat besuchte ich in der hiesigen Volkshochschule eine Tonbildschau. Zu sehen waren die Bilder eines professionellen Naturfotografen, der Norwegen bereist hatte.

Eins der Fotos erinnerte mich an die Morgenstimmung, die ich am Ufer eines Sees in Mecklenburg-Vorpommern erlebt habe. Das war während einer Konzerttournee, die mich vor Jahren als aktive Musikerin unseres Sinfonieorchesters auch in dieses Bundesland führte.

Am freien Tag vor dem Konzert im Schweriner Schloss machten wir einen Ausflug zur Mecklenburgischen Seenplatte. Von dieser Landschaft mit den Seen und ihren vor allem morgens im Herbst nebelverhangenen Ufern, ging für mich etwas Magisches aus.

Auch am frühen Morgen des Tages, an dem wir unser nahegelegenes Hotel verlassen hatten, konnten wir diese Stimmung an einem der kleinen Seen erleben. Die kühle feuchte Luft spürte ich direkt in meinem Gesicht.

Meinen Blick hatte ich in die Ferne gerichtet. In der dichten Nebelwand, die sich über den See gelegt hatte, konnte ich nur schemenhafte Umrisse erkennen.

Diese Stimmung wollte ich musikalisch mit meiner Querflöte umsetzen. Ich zog sie aus der Instrumenten-

Tasche und spielte eine kleine Melodie. Eine Melodie, die mir spontan eingefallen war. Keine, die ich als Musikerin des Sinfonieorchesters für eine Aufführung proben musste.

Ich erfreute mich einfach nur an dem schönen Klang meines Instruments, der den Nebel zu lichten schien. Der verschwand fast völlig und ich sah ein Boot. Ein Hoffnungsschimmer. Sicher wartete es auf mich, wollte mich zu neuen Ufern bringen. Meine Gesichtszüge entspannten sich. Wohlige Wärme erfüllte mich.

Ich war fest entschlossen, dazu beizutragen, auch anderen Menschen musikalische Erlebnisse zu vermitteln. Vielleicht als Musiklehrerin. Meiner Querflöte wollte ich treu bleiben. Diesen damals gefassten Entschluss habe ich umgesetzt und bis heute nicht bereut.

Ein Boot auf dem See,
es taucht aus dem Nebel auf
als Hoffnungsschimmer

BILDNACHWEISE

S. 6: Katze mit Spielzeugmaus, 2023 Shutterstock
S. 20: Morgenstimmung, 2023 Shutterstock
S. 24: Clubatmosphäre, 2023 Shutterstock
S. 28: Labrador am Kamin, 2023 Shutterstock
S. 32: Spielkarten, 2023 Shutterstock
S. 38: Almhütte, 2023 Shutterstock
S. 48: Tropfen auf Halmen, 2000 Elke Bannach
S. 52: Moose, Steine, Wasser, 2000 Elke Bannach
S. 58: Alte Koffer, 2023 Shutterstock
S. 64: Kuscheleiche, 2021 Elke Bannach
S. 70: Madonna mit Jesuskind, 2023 Elke Bannach
S. 80: Boot im Nebel, 2023 Shutterstock

INHALT

DIE AUTORIN

Elke Bannach, 1949 in Bockum-Hövel geboren, absolvierte in Dortmund ein Sozialpsychologie-Studium, arbeitete als Marketingleiterin in einem medizinischen Fachverlag und gründete den Musikverlag Elba.

Sie lebt seit 2010 mit ihrem Ehemann Klaus W. Hoffmann in Sandersdorf-Brehna. In dem Jahr begann sie auch Kinder- und Jugendbücher, Lyrik und Satiren für Erwachsene zu schreiben. Ihr literarisches Debüt als Satirikerin: *Was ich dir noch erzählen wollte.*

Elke Bannach ist Mitglied im:
PEN Deutschland
VS Sachsen-Anhalt
Kulturwerk deutscher Schriftsteller in Sachsen-Anhalt e.V.
Friedrich-Boedecker-Kreis Sachsen-Anhalt e.V.
und als Musikverlegerin in der Gema und in der
VG Musikedition

„KALIMBA SPIELEN LERNEN" – EIN WEITERES BUCH VON ELKE BANNACH, DAS IM MUSIKVERLAG ELBA ERSCHIENEN IST

Elke Bannach und Klaus W. Hoffmann erklären im ersten Teil des Buches die Funktionsweise der Kalimba. Dann folgen einfache Melodien und Akkorde. Fünf Lieder enthält dieses Buch. Sie können sie mit Kindern singen und mit Akkorden auf der Kalimba begleiten.

Es folgt ein Kapitel mit Vorschlägen zur Einstimmung mit der Kalimba und anderen Instrumenten auf Fantasiereise-Geschichten. Vier dieser Geschichten finden Sie im letzten Teil des Buches.

Dieses Buch ist im BoD-Shop zum Preis von 12,95 Euro erhältlich – ISBN: 9783982226637 – und auch als E-Book zum Preis von 9,99 Euro – ISBN: 9783752683790.

https://buchshop.bod.de